Le bon Payeur

ET

Le Sergent boiteux et borgne.

LE
BON PAYEUR

ET LE

SERGENT

BOITEUX ET BORGNE,

FARCE NOUUELLE A .IIII. PERSONNAIGES,

C'eſt a ſcauoir :

Lucas, sergent boueteux et borgne ;
Le bon Payeur ;
Fine Myne, femme du sergent ;
Et le Vert Galant.

Se vend place du Louure,
chez Techener, Libraire.

Paris, MAULDE ET RENOU, Imprimeurs, rue Bailleul, 9 et 11.

Le
Bon Payeur

ET LE

Sergent

boiteux et borgne,

FARCE NOUUELLE A .IIII. PERSONNAIGES.

Lucas commence.

Puyfque sergens ne font plus rien,
Y me fault chercher le moyen
De trouuer quelque vieille amende
A mon roulle, g'y ay atente,
Il est vray, par sainct Saulueur !
Mort bieu ! voicy ce bon payeur
Qui me doibt, il y a long temps,
Cinquante, dont ie pretemps
Et mectre en son colet la main.
Toufiours de demain en demain

Me baille pour me bien tenir ;
Mais se demain ne peult venir,
Ce n'eſt qu'un menteur ordinaire.
Quel remede ? Il eſt neceſſaire
Que ie le prenne au sault du lict.
G'y voys : a ! mort bieu, quel deduict !
Eſt il heure de se leuer ?
Or sus, me veulx tu poinct payer
Ceſte amende que tu me doibtz ?

Le bon Payeur.

Lucas le borgne, helas ! tu voys
Que ie me leue, & mon amy,
Ie suys encor tout endormy
Que ie ne scay ou eſt ma bource.
Ce seroyt choſſe bien rebource
De bailler argent sy matin ;
Mais ie donray d'un pot de vin
Tantoſt, & d'un petit paſte.

Lucas, sergent.

Vray dieu ! tant tu es en haſte,
Tu ne traches qu'eſchapatoyre.

Le bon Payeur.

Tu voys pas, ne suys preſt encoyre ;
Au moingtz leſſe moy habiller.

Lucas.

Sy tu ne veulx argent bailler,
La mort bieu ie prendray des nans;
Te veulx tu moquer des sergans
Qui sont les oficiers du roy?

Le bon Payeur.

Monſieur, nenin, dea, par ma foy,
Monſieur le sergant, mais de faict,
Y me fault aler en retraict,
Pour quoy voules vous retirer;
Et puys nous yrons deſiuner,
Et la ie vous contenteray.

Lucas.

Retirer! par Dieu, non feray,
Iuſque a tant que tu m'es payé.

Le bon Payeur.

An! i'ey le ventre desuoyé;
Retirés vous, sergant a mache.

Lucas.

Se tu debuoys faire en la place,
Ie ne me retireray poinct.

Le bon Payeur.

An, vray Dieu! le ventre m'eſpoinct
D'une sorte mauuaiſe & faulce,
Vous me feres faire en ma chauſe,

Ce ne seroyt pas choſſe honneſte;
De vous tirer vous admoneſte,
Et ie promais vous aduertir.

Lucas.

Et de quoi ? bon payeur.

Le bon Payeur.

Par ma foy,
Guetes vous, monsieur le sergent ?

Lucas.

De qui gueter ?

Le bon Payeur.

Du vert galant ;
Car il entretient Ameline,
Qui est ta femme.

Lucas.

Saincte Katherine !
I'en ay ouy parle, beau sire,
A d'aultres.

Le bon Payeur.

Dea, i'oſſe bien dire
Qu'il entretient, ie le scay bien.

Lucas.

Sy croi ge, moy, qui n'en soyt rien,
Car ma femme ne daigneroyt.

Le bon Payeur.

Daigner ! bo, bo, qui s'y firoyt,
Le danger n'en seroyt ia mendre.

Lucas.

Sy suis ie afes fin pour entendre
Le cas, pas ne suys sv bemy.

Le bon Payeur.

Le cas ! tu n'y voys qu'a demy,
Tu es borgne & sy es boueteulx.

Lucas.

Myeulx voys d'un oeiul que toy de deulx ;
Ie me tiens toufiours sur mes gardes.

Le bon Payeur.

C'eft pour nient, car tu ne regardes
La sepmaine que de trauers.

Lucas.

Tu me sers de mos tant dyuers,
Que tu me cuydes abufer ;
Scays tu quoy il te fault payer,
Ou i'eray des nans.

Le bon Payeur.

C'eft raifon
Se i'euffe des biens a foyffon ;
Mais de prendre rien n'y a ciens,
Monftres vous des plus paciens,

Ne soyes pas des plus mauuais.

Lucas.

l'auray pos & plàs.

Le bon Payeur.

Leffe lays,
Monfieur, y n'y a rien defùs.

Lucas.

C'eft comme sergans sont decuptz ;
Corbieu ! tu viendras en prifon.

Le bon Payeur.

Ne vous monftres pas trop felon,
Monfieur, ce seroyt mal cogneu.
le n'yray pas, par sainct Symon !
Un pie chauffe & l'aultre nu.
Le payement ne sera tenu,
Mais que me prometes d'atendre ;
Que par chance, sans mefprendre,
le vous payeray incontinent.

Lucas.

Bien donc, chauffe toy incontinent,
le promais que rien ne payeras
Tant que pas chaufe tu seras.

Le bon Payeur.

Le promectes vous ?

Lucas.

Ouy, dea, ouy.

Le bon Payeur.

Ie ne parchaufferay mefhuy,
Par ma foy donc, ne de sepmaine,
Non pas de l'an.

Lucas.

Dieu, quelle fredaine !
Voicy un homme de bien loing.

Le bon Payeur.

J'apelle les gens a tefmoing :
Cela vault une quinqueruelle ;
Ma chaufe a la mode nouuelle
Ie chaufferay, sans coufturier,
Me voyla en aduanturier.
Ie suys quicte, par sainct Saulueur !

Lucas.

Voyla le faict d'un payeur :
Il en scauoyt deulx, i'en ay d'une ;
Mais sy plaift a dame fortune,
Ie luy en bailleray d'un aultre.

Le bon Payeur.

Il eft paye au peaultre, au peaultre,
Me voyla quicte de l'amende.

Ameline, femme de Lucas, sergent.

Ce beau touflet de lavende,
Garny de plufieurs flouretes,
Ie le donneray, par amouretes,
A mon amy le Vert Galant.
A ! s'il scauoyt que le sergant,
Lucas le borgne, mon mary,
Fuft dehors, bien seroyt mary
Qu'il ne me vienfit bientoft voir.

Le Vert Galant entre.

Quant a moy, ie m'en voys scauoir
Se Lucas sergant est dehors ;
D'aiourner y faict ses effors,
Il eft a l'ofice bien digne.
Qu'effe la ? ie voy Fine Myne,
Sa femme, qui fille a son huys ;
O ! que tant malureux ie suys,
Que ie ne suys venu pluftoft.

Ameline Fine.

Vert Galant, cha conftes un mot ;
Mon amy, prenes, par amour,
Ce touffeau faict de maincte flour
Par les mains de voftre humble amye.

Le Vert Galant.

Ie ne le refuferay mye ;

Mais en le recepuant, ma seur,
Ie vous baiferay de bon coeur,
Pour l'amour du prefent gentil.
Mais voftre mary, ou eft il?

Ameline Fine.

Ou il eft? helas! Dieu le sache ;
Sur le vilage ou toult marche,
Ou il tourmente poure gent.
Il eft actif & diligent,
Y rend maincte perfonne effree,
A cela scayt son entregent :
Quant ses femmes n'ont poinct d'argent,
On dict qu'il se paye en derée.
C'eft toult un s'il prend sa lifree
De son cofte & moy du myen.

Le Vert Galant.

Et voire, voire, i'entens bien
Qui fault faire de tel pain soupe ;
Mais quoy sy fault il que ie soupe
Auecques vous par quelque soir,
Soyt de la brune ou de noir ;
Qu'il soyt dehors.

Ameline Fine.

Mon debuoir
Ie feray de vous aduertir ;

Mais prefent, nous fault departir,
Car incontinent reuyendra.

Le Vert Galant.

Adieu donq, on vous reuoyra
Plus a loifir, ma doulce amye.

Lucas.

Mais qu'effe la ? ne voi ge mye
Un galant qui iafe a ma femme ?
Effe voftre cas, belle dame,
De tenir plet a ce iafeur ?
Vous n'y aqueres poinct d'honneur ;
Et aufy on me l'a bien dict.

Ameline Fine.

Et que de Dieu soit il mauldict
Qui onq y penfa a defonneur ;
Ie croys que c'eft le bon Payeur
Qui se faulx blafon vous raporte.

Lucas.

C'eft mon, le grand Deable l'emporte !
Car il m'a ioue d'un faulx tour.

Ameline Fine.

Et coment ?

Lucas.

Yer, au poinct du iour,

Ie le surprins en se couchant ;
Ie luy dis : paye maintenant
Cefte amende que tu me doibtz.
Lors il me dift se ie vouloys
Atendre qu'il fuft par cauche,
Qu'il me payroit, i'en fis marche
Et luy promis sans plus tencher ;
Pour quoy ne se veult point chaufer,
Afin qu'il ne paye en efaict.

Ameline Fine.

A ! rien, rien, prenes un fouet
Bien acouftre de chareton,
Et tout ainfy c'un careton
Faictes lay deuant luy claquer,
Et puys, s'il ne vous veult payer.
Tailles luy chauffes au long du cuyr.

Lucas.

Corbieu ! voyla parle a plaifir ;
I'ey defir d'un fouet trouuer,
Et ton confeil efprouuer
D'une bonne sorte afes fine.
A ! il n'eft c'une femme fine
Pour quelque fin tour auifer ;
Et puys ne veulx tu poinct aner,
Bon Payeur, sus, de par le deable,

Chaufes vos chaulfes, miferable.
> (*Il le foucte.*)
Chaulfes vous.

Le bon Payeur.

An ! Noftre Dame,
Jefus, ie payeray, par mon ame,
Ie me caucheray, si ie peulx.
Tenes, voyla ciuquante deulx ;
C'eft mal encontre d'un boueteux,
Le grand deable emporte le borgne.
Tromperye toufiours retourne
A son maiftre.

Lucas.

Ie les atourne
Ses bons payeurs, qu'on me les baille
Afin c'une chauffe vous taille,
Quant y ne viennent a raifon.
Ie m'en voys en ma maifon,
Puyfque i'ey receu mon payement.

Ameline Fine.

Et puys mon confeil vrayment
Eft il bon ?

Lucas.

Ouy, par Dieu, de faict.
Mais garde d'auoir le fouet ;

On baille souuent, l'entens tu ?
Le baſton dont l'on eſt baſtu.
Garde d'acouter sans long plaid,
Ce Vert Galant, y me deſplaiſt.
Du temps paſſe ie luy pardonne ;
A l'auenir, morbieu ! i'ordonne,
S'enſemble ie puys vous trouuer,
Incontinent de vous tuer ;
Il n'y aura poinct de remede.

Ameline Fine.

Ie ne scay donc il vous procede
Synon que c'eſt par faulx raport.
A ! mon mary, vous aues tort
De m'inputer un tel oultrage.
Ie n'ay poinct un sy mechant courage,
Ie suys de gens de bien extraicte,
Et de ligne bonne & parfaicte ;
Iamais y n'y euſt que redire,
A poy que ne me voys occire,
Ou iecter en une maliere,
Sy en deuant, ny en derriere,
Vous voyes en moy deſhonneur
Ne m'eſpargnes poinct.

Lucas.

Bien, ma soeur,

Gouuernes vous bien, en un mot.
Maintenant m'en voys au pluftoft
A dis lieues d'icy, se n'eft pas pres,
Pour racorder mes explays.
Adieu, gardes bien a l'oftel.

Ameline Fine.

Mais en eft il encor un tel ?
Borgne, boyteulx, Dieu, quel rencontre !
Y porte plus grand malencontre,
Par Dieu, que le boys du gibet.
Poinct n'eft rien plus ort, ne plus let ;
Voi ge au deable, le malheureulx !
Cefte nuict, de mon amoureulx
Iouyray, puyfqu'il va dehors.

Lucas.

Y fault mectre tous mes effors
A me mucher icy endroict,
Et voire tout, car elle croit
Que ie m'en suys dehors ale.
I'efpiray du long et du le,
Pour voir sy le galant viendra.

Ameline Fine.

Par Dieu, en parle qui vouldra ;
Ie voys atendre icy deuant
Mon cher amy le Vert Galant,

Pour le faire ceans entrer.

Le Vert Galant.

Amour veult mon coeur peneftrer ;
De sa sayete noble & digne
Ie suys naure, sans point doubter ;
Icy ne puys plus arefter,
Ie veulx aler voir Fine Myne.
La voyla, la gente godine,
Mon soulas, ma ioye & plaifance.
A ! il fault bien que ie m'avance
Pour l'aler saluer souldain.
Honneur, ma dame au coeur humain,
Ou eft le faulx borgne Lucas ?

Ameline Fine.

Cefte nuyct ferons noftre cas,
Car il eft ale sur les champs.

Le Vert Galant.

Ainfy que deulx parfaictz amans,
Nous ferons bien noftre paquet.

Ameline Fine.

En defpit des ialoux mefchans,
Pafons le temps en ris & chans,
Siechons nous bequet a bequet,
Car i'ey prepare le banquet ;
Recreon nous, faifon grand chere.

Le Vert Galant.

Ie n'ey choze au monde sy chere,
Ie suys de voſtre amour tranſy.

Ameline Fine.

Auſy suys ie de vous auſy ;
Prenons paſſetemps sans eſmoy.

Le Vert Galant.

Ma chere amye, baiſes moy
Pour raſaſier mon deſir ;
Diſons quelque mot a plaiſir,
Monſtres qu'aues le coeur ioyeulx

Ameline Fine.

En deſpit du borgne boeteulx,
Nous prendrons paſſetemps, nos deulx,
Tant que la nuýct durera toute.

Lucas, sergent, chante.

Vous rires enſemble, vos deulx,
Tantoſt seres bien roupieulx,
Le borgne eſt pres qui vous eſcoute.

Le Vert Galant.

Qu'eſſe que i'os? Dieu! qu'on me boute
Dehors, car nous sommes perdus.

Lucas.

Morbieu ! les os seront rompus
Se tu n'ouures bientoſt, vileine.

Ameline Fine.

Iefus, benoifte Madelaine !
C'eft mon mary, Dieu ! que feray ?

Le Vert Galant.

Dictes ou ie me bouteray ?
Y me tura de mort cruelle.

Ameline Fine.

I'ouuriray a tout la chandelle ;
Tenes vous bien deriere moy.

Le Vert Galant.

Iefus, madame faincte Foy !
Helas ! qu'effe que nous ferons ?

Ameline Fine.

Sy Dieu plaift, nous efçaperons ;
Ne vous chaille, laifes moy faire.

Lucas.

Ouure, ouure toft.

Ameline Fine.

Qu'aues vous a braire ?
Iamais ie ne fus plus refiouye
Que quant i'ey voftre voys ouye.

Lucas.

Ta male mort !

Ameline Fine.

Ie me dormoyee,

Et en me dormant ie songoyee
Que Dieu vous auoyt pour le mieulx
Enlumyne tous les deulx yeulx ;
Ie n'us oncques aufy grand ioyes.
Helas ! mon amy, que ie voyes,
Car i'y ay ma credence ferme ;
Voyes vous pas cler quant ie ferme
Ceftuy cy qui eft deftoupe ?

(Elle luy clost l'oeuil de quoy il voist.)

Le Vert Galant.

Dieu mercy, ie suys efchape
De craincte & de douleur mortelle ;
Voyla la meilleure cautelle
Que iamais peuft eftre aduisee.

Le Sergent.

Ou eft, la vilaine rusee,
Ce paillard a qui tu t'efbas ?

Ameline Fine.

Lucas, cherche bien, hault & bas ;
Car ceans il n'y a point d'homme.

Lucas, sergent.

Bien peu s'en fault que ne t'afomme ;
Tu m'es-venu l'oeuil eftouper
Afin de le faire efchaper ;

Tu m'as bien deceu, en esaict.
Ie te prendray desus le saict,
Une aultre foys, sans long babil.

Le Vert Galant.

Combien c'un borgne fuft subtil,
Un boueteulx cauteleux & fin,
Sera pour conclure a la fin :
Vous aues veu quelle fineffe,
Que pour trouuer une fin effe,
Souldain il n'eft que femme fine.
Par cefte fin la, farce finne.
En prenant conge de ce lieu,
Une chanfon pour dire adieu.

FINIS.